QUEM FOI VOCÊ NA FILA DA QUARENTENA?

Flávia Braz

QUEM FOI VOCÊ NA FILA DA QUARENTENA?

Copyright © 2022 Flávia Braz

Quem foi você na fila da quarentena? © Editora Reformatório

Editor:
Marcelo Nocelli

Revisão:
Marcelo Nocelli
Natália Souza

Capa:
Diego Silva

Ilustrações:
Ligia Agreste

Design e editoração eletrônica:
Karina Tenório

Dados Internacionais de Catalogação na Publicação (CIP)
Bibliotecária Juliana Farias Motta CRB7/5880

Braz, Flávia
    Quem foi você na fila da quarentena? / Flávia Braz. – 1.ed. – São
Paulo: SGuerra Design, 2022.
    112 p.: il.; 14x21 cm.

    ISBN: 978-65-88091-62-3

    1. Crônicas brasileiras. I. Título.
B827q   CDD B869.8

Índice para catálogo sistemático:
1. Crônicas brasileiras

Todos os direitos desta edição reservados à:

EDITORA REFORMATÓRIO
www.reformatorio.com.br

*Para Rogério, meu irmão, exemplo
de força, fé e coragem.*

*Como são admiráveis as pessoas que
nós não conhecemos bem.*

Millôr Fernandes

NOTA DA AUTORA E AGRADECIMENTOS

Este livro nasceu de conversas insones em meio a um período ditado pela falta de ar. Ele foi meu respiro. Em encontros virtuais madrugadas adentro, eu e a amiga, atriz e locutora Carol Loback decidimos criar um projeto de crônicas escritas por mim e narradas por ela. Foram 16 episódios e um número incontável de crises de riso. De choros também. E se hoje este livro chega às suas mãos é graças a esse encontro lindo que eu tive com ela, há alguns anos, num curso de roteiro, que se estendeu para mesas de bares, calçadas irregulares, festas mais ou menos ruins, trabalhos e trocas que nunca poderão estar num livro como esse e muito menos nas suas mãos. Obrigada, Carol, por compartilhar comigo seu talento, sua sensibilidade e por me lembrar que, no final, foi ela quem sempre me salvou. A arte.

Foi ela, mas não só ela. Porque a gente é feito de gente e eu, sem nenhuma explicação verossímil, sou cercada das melhores ou pelo menos das mais pacientes. Muitos, direta ou indiretamente, são parte desse processo. Desde aqueles que me propiciaram escutas clandestinas de elevador, restaurantes, pontos de ônibus. A estes anônimos, meu agradecimento eterno e minhas desculpas sinceras, acompanhadas de uma confissão inexorável: vou continuar escutando a conversa de vocês. Aos meus, um lamento antecipado por deixar escapar o nome de alguém e a promessa de uma retratação nas próximas edições (amém).

Pela amizade, leituras críticas, indicações, conselhos e, acima de tudo, por verem algum sentido: Rachel Rubin, Marco Antônio Santos, Tatiane R. Lima, Miriam Gimenes, Arthur Chioramital, Alessandro Araujo, Alex Caíres e Tainã Bispo. Por colocar em imagem o que era texto e dar vida aos personagens: Diego Silva e Ligia Agreste. Pelo olhar disponível e talentoso que conseguiu captar um bocado de mim nas fotos: Fernanda Corsini. Por embarcar no projeto com generosidade, profissionalismo e gentileza desde o início, me abrigando em sua linda casa editorial: Marcelo Nocelli. Por me darem a honra da leitura e me concederem o privilégio de ter a assinatura de quem leio e admiro tanto no meu primeiro livro: Silvana **Tavano e Ivana Arruda** Leite.

Aos meus pais, pela biblioteca cheia, pelas primeiras leituras debaixo das cobertas e por seguirem contaminando as redes com meus textos sem sentido. Aos meus irmãos e cunhados-irmãos, Fernando, Rogério, Marco e Fernanda pelos papos, leituras, críticas e idiossincrasias que fazem da gente a gente. Ao Marcelo, meu tio-irmão-pai-amigo que sempre me apoia e passou a quarentena ouvindo nosso podcast. Ao Henrique, que se tornou um amigo querido e me apresentou à talentosa Ivana. Aos meus queridos Marjorie e Miranda pelas leituras no Largo da Glória e incentivo desmedido. Ao Antônio, que ainda não sabe, mas é um dos personagens favoritos da minha história. Ao Fran, em nome dos meus melhores amigos da vida inteira, e que jamais desistem de mim e dos meus escritos. À Manu, que me concedeu o privilégio de leituras, discussões, correções e cortes intermináveis, mas, principalmente, por ter sido a pessoa a me convencer de que eu era capaz disso. Ao cara mais legal e importante da minha vida, que me obriga a acalmar o passo, aprender plano cartesiano e sorrir fazendo vitamina de abacate: Heitor, você é meu encontro.

Acima de tudo, ao meu avô, Antônio Braz, pelas histórias ouvidas no banco do passageiro da sua brasília na volta da escola.

Boa leitura.

Flávia Braz

SÓ PAREM, POR FAVOR!, 15

UMA PANDEMIA CHAMADA BRASIL, 21

A PANDEMIA DA MATERNIDADE, 27

#FREEMOTHER, 33

OS BEBÊS DA QUARENTENA, 39

A CULPA É MINHA, 45

ISOLAMENTO SOCIAL?, 49

ANOTA O PROTOCOLO, POR GENTILEZA, 55

O LOCKDOWN DA MINHA VIDA SEXUAL, 59

NOVO NORMAL, SÉRIO?, 65

BANDEIRA BRANCA, AMOR, 71

ARANTES E DEPOIS, 77

QUARENTENA, BBB E OUTRAS MISÉRIAS, 81

COM QUE VACINA EU VOU?, 85

UM PET CHAMADO PANDEMIA, 91

FELIZ DIA DA CARENTENA, 97

TRANSPARENTE, INODORA E SEM FORMA, 101

A CONTA NÃO FECHA, 107

SÓ PAREM,
POR FAVOR!

Não, não, não... Não foi isso que a gente tinha combinado. Quem disse que por estar trancada em casa tenho que arrumar os documentos, colocar os livros em ordem alfabética e doar a barraca de camping que usei pela última vez no verão de 1986? Também não estou entendendo porque vocês estão movimentando músculos que a gente nem sabia que existia. Ou praticando meditação para ser uma pessoa que não existe.

Eu achava que tínhamos estabelecido um acordo tácito e que íamos aproveitar esse tempo para parar de arrumar a cama, usar calça moletom e comer porcarias. Mas o que eu vejo é um concurso de talentos em tempo real, enquanto minha gaveta de sutiãs define a própria pandemia.

No momento em que estou exercitando minha procrastinação, há um número enorme de insensatos se tornando pintores, jardineiros, costureiros, cozinheiros e chatos. Bem, estes sempre estiveram por aqui.

Fico pensando o que Deus deve estar achando disso tudo. Se ele soubesse que só precisava ter trancado o povo em casa para despertar habilidades e noção social, teria gastado mais tempo quebrando umas pernas do que projetando o Big Bang. Ele deve estar especialmente chateado com o Baltazar, meu primo que marcou minha infância por ter colocado o gato da vovó no micro-ondas e agora se oferece para levar os cachorros dos velhinhos do prédio para passear. Tia Rose achou a iniciativa bonita e mandou palminhas no grupo. Eu respondi com uma figurinha de gato.

Nas últimas semanas tenho tentado apenas me manter viva e longe da panela de pressão, o que quer dizer mais ou menos a mesma coisa. Tenho conseguido no máximo pentear o cabelo para conservar alguma dignidade com os colegas de trabalho na frente do computador, mas um grupo de amigos me disse que tinha trocado o desodorante do mercado por uma receita vegana e caseira. Onde vende?, perguntei. Mas explicaram que estavam fazendo em casa e por isso chamavam de receita ca-sei-ra. Eu ignorei a grosseria e comecei a anotar: bicarbonato, amido de milho, óleo essencial... Parei na manteiga de karité. Não dá!

Eu aqui me impondo pequenas metas, como não beber às segundas, enquanto uma fábrica clandestina despeja Belas Gil pelo mundo? Onde é o poço pra eu beber dessa água também? Eu achei que a gente tinha pactuado essa ineficiência, que a gente tava junto nessa incapacidade. Tem um presidente tentando ensinar isso todos os dias e ninguém aprendeu nada?

Da onde vocês tiraram a ideia de fazer pão com fermentação natural? Tenho feito a minha parte. O ponto alto do meu dia hoje, por exemplo, foi não queimar a tapioca. Para comemorar, abri uma cerveja às onze e cinquenta da manhã e liguei para uma amiga. Ela disse que me retornava depois porque estava terminando um pulôver. Ia dizer, amiga, ninguém mais usa isso, mas fiquei quieta depois de saber que era pra mim. Não sabia que você fazia tricô, comentei fingindo interesse. Mas ela disse que tinha aprendido no domingo, enquanto tingia o próprio cabelo. Quem faz isso sem manchar o rosto para sempre?

Da última vez que paguei um profissional para cortar a minha franja, todos acharam que eu tinha cortado sozinha. Então me animei e troquei a tesoura pelo alicate e o dedo do pé por um pedaço de carne morta no tapete da sala. No dia seguinte, entrei no antibiótico. Como vocês aprenderam de repente a usar essas armas?

O Bruno, um amigo da faculdade, investiu em um livro de receitas e a cada foto que ele posta de pratos despretensiosos, no intervalo do trabalho, eu jogo minha comida na pia. Estou há tantos dias comendo a mesma coisa que no sábado eu não sabia se estava jantando peixe, frango ou carne vermelha.

Esse é o tipo de dilema que a Fabi, minha amiga da academia, não tem mais. Ela aproveitou a quarentena para virar vegetariana e colocar em risco nossa amizade. Não pela restrição alimentar, o que me aborreceu foi ela ter começado a descascar pupunha para chamar de macarrão.

A Fabi é do interior e foi eleita duas vezes rainha do rodeio da sua cidade, mas agora ela coloca tomates na grelha e me ameaça com um churrasco vegano. Que tipo de gente faz isso?

Nada foi pior do que a Ritinha, minha amiga cineasta, me lembrando que era uma ótima oportunidade para rever Deus e o Diabo na Terra do Sol. Como explico pra ela que troquei por Mudança de Hábito? Em tempos pandêmicos, Glauber Rocha não resiste a Whoopi Goldberg, Ritinha, desculpa.

Dia desses um amigo me disse que tinha aproveitado a pandemia — eu tenho ódio de quem diz "aproveitar a pandemia" — para ler Ulisses. Você leu, me perguntou, enquanto falava sobre os dois volumes de Guerra e Paz que tinha terminado naquele dia.

Só estou conseguindo ler bula de remédio pra ansiedade, respondi como se fosse brincadeira. Ele fingiu que riu e me indicou um site com clássicos para download gratuito. Eu não tô dando conta nem do que tem na estante e você quer que eu baixe Miguel de Cervantes? Tem a edição original, ele disse.

Precisamos admitir que perdemos a batalha mais uma vez. E eu não estou falando do Dom Quixote nem do cinema nacional, mas da necessidade de aniquilar o ócio e subestimar a preguiça. Por que vocês decidiram fazer adubo e hidratante à base de casca de maçã para pele seca? O sofá sempre foi o reduto da pipoca e do namoro, mas vocês tão fazendo ioga em cima dele. Percebem como é grave?

O fordismo venceu a indolência dentro da nossa casa, nas nossas varandas e vocês não fizeram nada a respeito. Quer dizer, a Kátia, do trabalho, fez. Ela fez uma horta. Eu perguntei como, mas eu queria mesmo era saber por quê? Ela me disse que aprendeu tudo com um consultor de sementes online, mas só consegui pensar na quantidade de desgraças que devem ter acometido a vida deste moço para ele se apresentar assim.

Eu continuo tentando não morrer e com uma dupla de sobrancelhas que eu já domestiquei. Elas estão cada vez mais juntas. Empatia que fala, né? Vocês podiam desenvolver alguma por mim.

Só parem, por favor!

UMA PANDEMIA CHAMADA BRASIL

Pelo que vi nas minhas redes sociais, já descobriram a vacina para o coronavírus. O pessoal que eu sigo já foi vacinado. Tá lindo de ver todo mundo na praia, tomando uma cervejinha gelada. Tem outros que estão preferindo fazer compras, mas sem gastar muito, então vão em turma pra 25 de março ou para o Brás.

Ao mesmo tempo que fico feliz por saber que eles já estão imunes, fico triste por aqueles que, assim como eu, ainda correm riscos. Outro dia, uma amiga que mora no Rio me contou que um mendigo foi multado porque estava sem máscara. Fiquei imaginando para onde vão mandar a autuação: marquise da avenida Presidente Vargas com Praça Duque de Caxias. Caixa de papelão do Leite Moça. Cobertor azul. O auxílio emergencial não chega, mas é capaz de a multa chegar.

O Brasil não é para principiantes.

Tanto é verdade que a nuvem de gafanhotos que estava vindo pra cá desviou. Eu imagino o momento em que um deles percebeu o equívoco e comentou: sério? Tanto lugar pra ir e vamos logo pra lá? Nem carnaval tá tendo! Aí, o outro lembrou do vinho argentino e foram embora.

Ser gafanhoto já é uma lástima. E não é de hoje. Começou lá no Antigo Testamento. Foi culpa do Moisés, que resolveu mudar o povo hebreu de lugar. O cara podia tosar umas ovelhas, dar uma volta pelas pirâmides, um mergulho no Nilo, mas não. Arrumou a maior confusão e deixou pra gente as dez pragas do Egito. Os gafanhotos viraram a oitava, coitados. Perderam pros mosquitos, pras rãs, pras moscas.

Mas pior do que ser gafanhoto é ser brasileiro. Aqui, se você pronunciar uma sigla de partido político errado corre o risco de estar falando de facção criminosa e ser preso. Se pronunciar certo pode ser ainda pior. Outro dia meu filho perguntou que filme a gente vai assistir? Ele estava no quarto, aí eu gritei: minions. Meu vizinho, que votou no Bolsonaro, retrucou: vai pra Cuba, filha da puta! Meu filho tentou argumentar dizendo que não dava pra viajar por causa da pandemia, mas o cara do 23 foi para a janela dizer que era só uma gripezinha.

Na semana passada, a Isa, uma amiga que mora em Londres há vinte anos, quis entender quem era ela no jogo do bicho da política aqui no Brasil. Começou me dizendo que defende as cotas raciais. Tá, beleza, então é de esquerda! Mas eu não acho que tenha sido golpe. Eita, Isa, aí é direita! Eu defendo os artistas e tenho nojo de gente homofóbica. Bom, esquerda! Ah, mas não posso deixar de dizer que amo o Chico, apesar de achar ele bem machista. Porra, Isa! Eu gosto de carnaval, mas não defendo o aborto. Eu sou o quê? Acho que hipócrita, amiga.

Aqui, quer queira ou não, você está sempre de um lado da cena política. E se começar a ponderar muito vira isentão e é bloqueado nas redes sociais. Ou cancelado, que é o termo do momento. O que você precisa saber, falei pra Isa, é que você vai ser esculhambada de um jeito ou de outro. Você só precisa escolher se quer ser ofendida com a turma do Gregório Duvivier ou do Lobão, do Zé de Abreu ou da Regina Duarte, do Saci ou do Mickey.

Tentei explicar pra Isa que essa coisa de esquerda e direita por aqui tá causando tanto problema que não estão usando mais nem pra indicar a direção das coisas. Outro dia perguntei para um moço na rua se o mercado ficava pra direita ou pra esquerda. Aí ele disse "depende: o do Milton ou do Ezequiel?". Que diferença isso faz, eu perguntei. Bom, o Milton é centro-esquerda e o Ezequiel, mesmo com a coisa toda lá do Queiroz, é extrema-direita. É Olavista, viu? Moço, e o mercado? Ah, tá péssimo. A bolsa só cai. Saí andando e resolvi fazer compras pela internet.

Outro dia comentava com um amigo que, apesar de todo desânimo envolvendo a política nacional, o Brasil ainda é um país diferenciado. Pensa! Não tem furacão, terremoto, tsunami. Ele me lembrou de uns grupos de funk, mas aí eu disse que estava falando de desastres naturais. Aí ele disse que não é bem assim, porque estamos sendo acometidos por um ciclone bomba. Cheguei a digitar no Google para confirmar se não era apenas alguma informação repassada por um ministro ou alguém ainda mais desavisado, mas não. Está acontecendo mesmo. Insisti, dizendo que ainda temos a Amazônia, mas ele desligou.

Caiu! Mais um! Enquanto escrevo esse texto, a educação já teve quatro ministros diferentes. Estão dizendo que vão mudar o nome do Ministério para Tele Sena, com resultados parciais de hora em hora. Acho importante para ir atualizando a gente. Na saúde é mais fácil, porque como não tem ministro a gente nem precisa se preocupar.

Li há pouco que o número de mortos por coronavírus aqui já passou dos 100 mil. Quem avisa o pessoal que está na praia? Eu entendo a vontade das pessoas de saírem de casa, mas não canso de pensar no gafanhoto. Como um bicho que só pula e come planta pode se tornar o vilão número um do momento? Tem uma moça na minha academia que faz a mesma coisa e ninguém liga pra ela. Será que a multa do mendigo já chegou? E agora, qual a parcial? Quantos ministros da educação já caíram?

A PANDEMIA DA MATERNIDADE

Tenho vinte e dois minutos para escrever esse texto. Vinte e dois! É que a aula de flauta da Júlia pelo computador vai terminar e eu preciso ajudar o Pedro, que agora tá fazendo judô online, a amassar papel machê para colocar em cima de um vulcão que a gente tinha que ter entregado na semana passada. Ai, ele acabou de quebrar mais um vaso.

Sempre ouvi dizer que eram os almoços de domingo que uniam as famílias, mas descobri na quarentena, com duas crianças dentro de casa em tempo integral, que é a escola que faz isso. Ontem, fui dormir às duas e meia da manhã, porque fiquei pintando os bonecos do teatro de sombras que a Júlia vai apresentar logo mais. Quando terminei de contornar o nariz do Prático, aquele porquinho mais esforçado, meu marido abriu a porta da sala e perguntou por que você tá colorindo os bonecos se o teatro é de sombras? Caí no choro.

A Bete, mãe do Arthur, não chora. Ela disse no grupo da escola que mudou para o salão de festas do prédio. Sozinha! Falou que a área gourmet é ótima e que, infelizmente, não vai poder receber os filhos lá porque a síndica proibiu mais de uma pessoa no espaço. Também não vai mais conseguir ajudar as crianças com as lições de casa, porque a internet lá embaixo é péssima. Vou mandar estampar uma foto da Bete numa camiseta!

Agora me restam dezessete minutos para escrever esse texto. Acordo todos os dias às cinco e meia da manhã, ainda está escuro, mas aproveito para pentear o cabelo e raspar as axilas antes das crianças acordarem e do professor surgir na tela do computador me obrigando a lembrar quem é Nicolau Copérnico.

Não sei vocês, mas tenho trabalhado umas dezoito horas por dia. E agora, no intervalo das reuniões, em vez de tomar café, como costumava fazer no escritório, coloco o feijão pra cozinhar e descasco cebola. O Oscar, meu marido, acha que as lágrimas são culpa da cebola, mas é só saudade do trânsito da Marginal Pinheiros mesmo.

Ele é ótimo. O Oscar. Quer dizer, ele costumava ser antes da quarentena, mas ultimamente, quando vou domir, penso em sufocá-lo com o travesseiro. Mas aí eu lembro da força que vou ter que fazer e do varal cheio de roupas que ainda preciso estender. E, então, eu acabo usando os braços para isso. E para encher as taças de vinho que eu tomo escondida na varanda.

Faço mais de oito reuniões online por dia e o intestino do meu filho mais novo acompanha o cronograma de cada uma delas. Na última segunda-feira, quando abri o microfone para responder uma pergunta do meu chefe, o Pedro gritou do banheiro cabeeei, mãe, vem me limpar.

Ainda tenho onze minutos e lembrei do que aconteceu na última aula de educação física da Júlia. O professor, do outro lado da tela, mandou os alunos acharem um objeto da cor azul. Mas tem que ser no armário da mamãe, ele disse. Júlia voltou exibindo o meu vibrador para trinta rostinhos banguelas.

A escola dos meus filhos acha que a gente mora numa lan house, com banda larga de Singapura. Mas aqui em casa só tem um computador e um sinal de internet que oscila mais que o humor do meu chefe. Tá difícil né, amiga?, me perguntou a Deise. Respondi que difícil é fazer o buço com a pinça. Isso aqui é uma distopia com panela de pressão no fogo e som de festa infantil como trilha sonora.

Ainda tenho nove minutos. Desde que a quarentena começou, faço terapia na garagem do prédio. Dentro do carro. É o único lugar em que consigo ficar sozinha. Na última sessão, a Gláucia, do 73, com quem eu divido vaga, deu umas batidinhas no vidro. Achei que ela quisesse sair, mas ela me perguntou se eu podia falar mais baixo, porque ela estava tentando dormir. É que a Gláucia se mudou para o banco traseiro do carro dela.

Você, que está aí julgando esta mulher, já tentou sair de casa no meio da pandemia com uma criança de quatro anos? Fecho a porta com ele no colo. Aí pego o álcool em gel por causa da mão na maçaneta, mas aí como eu coloquei a mão suja no pote do álcool, preciso limpar o pote com a outra mão. Passo álcool na mão dele e abro a porta do elevador. Aí preciso limpar a minha mão, mas ele pegou nela. Então, eu limpo a minha mão, o tubo de álcool e a mão dele, que agora está no meu rosto. Aí eu coloco ele no chão para limpar o rosto, mas aí ele está com a mão no piso do elevador. Tento limpá-lo e derrubo o tubo de álcool. Pego o tubo, limpo ele e a minha mão. Chuto a porta do elevador e a criança. Ele está de novo com as mãos no chão. Pego o álcool e limpo a criança. Ela coça o olho com a mão cheia de álcool. E berra. Eu também.

Antes, eu fazia mercado para uma família de dois adultos e duas crianças. Agora, compro em quantidade para alimentar dezenas de refugiados. As crianças devem ter pegado verme no confinamento e passam o dia mastigando e pedindo mais. Ontem mesmo escondi dois pedaços de bife no micro-ondas, porque sei que lá eles não alcançam.

Agora, me sobram sete minutos. Enquanto faço o almoço, o pai dos meus filhos, a quem deixei de chamar de marido da metade do texto pra cá, acha razoável aproveitar esse momento para fazer cabanas na sala. Quero divertir as crianças, ele diz. Eu não respondo nada, mas pico a salsinha bem fininha, com vários golpes de faca, pensando nele o tempo todo.

Tenho agora seis minutos. A lição de hoje é para unir a família, explicou o professor. É pra fazer todo mundo junto. Ué, mas não era para unir a família?, eu penso. Precisávamos fazer a árvore genealógica da mais velha. Da onde veio meu avô?, a Júlia perguntou. Mas estava no meio de uma reunião com o cliente mais importante da empresa e acabei escrevendo num post it pro Oscar: CV, de Cabo Verde! Mas a Júlia pegou o papel antes e saiu gritando: do cu, o vovô veio do cu! Bom, recebi um e-mail do RH, mas ainda não tive coragem de abrir.

Agora, só faltam cinco minutos para terminar a aula de flauta da Júlia. Estou pensando em sair correndo para tentar roubar um carro. Se eu for presa, vou conseguir fazer pelo menos uma refeição sentada. Já coloquei a máscara para esconder o rosto e estou caminhando em direção à porta. Mas acabei de me olhar no espelho e notar que o resto das pessoas do planeta também estão usando máscara. Como é que vão saber que é um assalto? Eu, sem arma. De avental. Com uma flauta na mão?

Deixa pra lá!

#FREEMOTHER

Dessa semana não passa, já avisei o Milton. Cansei de tentar um diálogo no grupo das mães, videoconferência com a coordenação, roda de conversa com especialistas. Chega! Eu vou entrar na escola pela porta da frente, com o meu carro, derrubando o portão. Depois

vou entregar a mochila para as crianças, cantil, lanchei-
ra, lençol, toalha de banho, de rosto, roupa de verão, in-
verno, cobertor, carteirinha de vacinação, tênis, pijama,
chinelo, protetor solar, calcinha, cueca, certidão de nas-
cimento e sair. De ré!

Ando pela rua e vejo uma horda de gente de uni-
forme. O que é isso?, perguntei pra diretora da escola.
Ou o exército já tomou conta e não me avisaram ou a
senhora é a única educadora do Oiapoque ao Chuí que
se recusa a retomar as aulas presenciais. Ela riu e disse
que a escola é construtivista. Bom, pelo menos vão usar
esse conceito para refazer o muro e o portão que vou
derrubar, falei para o Milton.

Estou pagando mensalidade há mais de um ano e
meio para as crianças fazerem aula de educação física no
meu closet e usarem meus sutiãs para arremessar bexigas
d'água. Não tem cabimento! A primeira vez que o Jai-
minho tocou uma flauta eu corri e fui parar no terceiro
andar achando que era alarme de incêndio.

Acordo no meio da noite só para ficar sozinha na
sala sem ouvir chamarem o meu nome, mas estou tão
atormentada que ainda assim eu ouço. Uma amiga queria me levar num centro espírita, mas eu preciso de um
bar, eu falei pra ela. Não tem como uma pessoa passar
por uma pandemia sem cometer um crime. Unzinho
que seja. Semana passada pensei em soltar um balão da

sacada só para ser presa e passar um tempo longe da minha casa.

Será que a escola dos meus filhos não percebe que o problema é muito maior do que a tabuada que eu preciso decorar com eles? Antes da pandemia, eles me achavam uma mulher equilibrada, que não falava palavrão e bebia socialmente. Agora, pensam que virei manicure, de tanto que fumo. A cada discussão que tenho com a empresa de TV a cabo é mais um ano de terapia que boto na conta dessas crianças para não virarem psicóticos na adolescência.

Eu era uma mulher que fazia bolo de laranja no café da tarde. Agora deixo eles dormirem sem banho, assistindo reprise da Bibi Perigosa.

Tem dias em que penso dizer para eles não fazerem mais as tarefas da escola. Ontem digitalizei dezesseis páginas da lição de geografia. A escola diz que é para deixar as crianças fazerem sozinhas, mas peguei o mais novo tentando escanear o rosto na semana passada.

As aulas de artes aqui em casa são proibidas. A gente cabula todas. Já expliquei para eles que isso não dá dinheiro e que cada atividade lúdica na parede custa três litros de tinta Coral Toque de Seda. Isso aí é quase a mensalidade da escola. A professora deve dar aula chapada, só pode! Outro dia ela tava rodando sozinha na frente da tela e pedindo pra eles baterem palmas compassadas. Fui logo puxando o fio do computador da tomada.

Nem computador tenho mais. Minha área de trabalho, que era organizada em pastas por cores, agora tem mais de sessenta arquivos e a tela está com um tom azulado por conta do Toddy que o menor derrubou em cima dela.

Cheguei a procurar acolhimento no grupo das mães. Na verdade, era uma clara tentativa de levante, mas fui severamente repreendida pela mãe da Sofia, que enviou um link com cinquenta brincadeiras antigas para divertir as crianças. Procurei por forca, mas não achei.

Estou virando uma pessoa péssima.

Outro dia meus filhos me pediram para contar uma história para eles dormirem. Igual você fazia antes, mãe, eles falaram. Lembrei do Tambor, um coelho que eu tinha quando pequena e que depois descobri que meu pai colocou na panela pra gente comer num almoço de Páscoa. Fomos dormir chorando e desde então eles se recusam a falar com o avô.

Também estou pensando em parar de falar com o Milton, que pouco me apoia nisso tudo. Ele se recusou a acampar comigo na porta da escola, por isso decidi que dessa semana não passa. Se a cidade está na faixa amarela da pandemia, aqui em casa a gente tá na faixa de Gaza.

A pessoa que diz que Deus é bom o tempo todo nunca descascou uma bacia de ovos de codorna. Falei com a pediatra sobre uma pesquisa nova que colocava em xeque esse tipo de alimento, mas ela discordou e me aconselhou a ralar manjericão fresco, porque ficava ainda melhor. Que mal eu fiz para essa mulher, pensei.

Olha lá! Estão gritando meu nome. Será que é a polícia? Eu plantei maconha na varanda para tentar armar um flagrante. Dá o quê? Uns dez, quinze anos?

OS BEBÊS DA QUARENTENA

Era um misto de culpa, gratidão, alegria e angústia em meio aos enjoos das últimas semanas. Benjamin já mandava sinais de que estava doido para dar as caras por aqui, enquanto tudo ia fechando aos poucos por conta da pandemia. Havia um pavor no ar, mas saber que o Ricardo trabalharia de casa me deu um certo alívio. Que durou quinze minutos, seguido por uma vontade de arremessar as coisas dele pela janela. São os hormônios, minha mãe dizia.

O resto é história.

Daqui a três dias, o Benja completa um ano e meio. Por conta da pandemia, passamos esse período praticamente em casa. Só nós três, com visitas esporádicas da minha mãe e da minha sogra, que era uma mulher incrível. Eu digo era porque o Benja, que é um menino muito autônomo, arremessou sem querer um caminhão de madeira na têmpora dela e, por isso, ela segue na UTI sem previsão de alta.

Um dia desses estava comentando com a Dalva, que mora aqui no prédio, como essa quarentena mudou as crianças. A Dalva trabalhava numa escola infantil e por causa da pandemia foi se virar como cuidadora de bebês. Agora ela está desempregada, porque a Jasmin, de quem ela cuidava, tem um temperamento forte e a assustou com uma faca de bolo Pulmann depois da tentativa de passar pomada na menina. Perguntei para ela se isso não era por causa daquele Método Montessori, mas a Dalva acha que é encosto o que acometia a Jasmin.

Vou contando essa história, enquanto engraxo as botas do Ben. Ele gosta dos sapatos bonitos. Costumo fazer essas coisas de madrugada, porque ele se incomoda com o barulho, enquanto assiste aos desenhos. Quando tem jogo do campeonato espanhol, eu e Ricardo temos de descer para brinquedoteca. O lugar é ótimo, tem até wifi.

Acabei não voltando da licença maternidade, mas até achei bom, porque a moça do RH disse que o clima lá está péssimo. Não que aqui esteja ótimo, expliquei para ela, mas pelo menos não tem ônibus lotado e estou conseguindo fazer quase vinte minutos de almoço. E como faço marmita, já economizo um tanto.

Cozinho todos os dias, porque o Ben só come arroz fresco. Eu e o Ricardo fazemos nossas quentinhas com o que sobra do prato dele. Ele ainda mama no peito, naquele sistema de livre demanda. Funciona mais ou menos assim: eu fico completamente à disposição dele e passo o dia com o peito pingando esperando sua vontade de mamar. Mas isso é temporário. Depois do almoço, por exemplo, o Ben prefere que eu passe um café.

Ele já está falando tudo e isso me ajuda na hora de fazer a lista do mercado. Faço compras online, porque tivemos que vender o carro para comprar uns brinquedos pra ele. O pula-pula que o Ben tanto queria está no meio da sala, mas os preferidos ainda são o tablet, o celular e o notebook.

Eu e o Ricardo não temos conversado muito ultimamente, porque ele teve de arrumar outro emprego. Está trabalhando de vigia na madrugada para pagar o curso de robótica online que o Ben faz no MIT. Como é em dólar, tivemos de dispensar a faxineira, mas ele gostou, porque prefere que a avó passe as roupas dele. Avó mima, não tem jeito, eu tentei explicar pro Ricardo.

Na semana passada tive uma crise de choro com a Josi ao telefone. Ela achou que era porque estava chegando a hora do Ben ir para escolinha, mas na verdade foi por não ter conseguido vaga no período integral. A Josi disse que eu precisava de ajuda profissional quando contei que o Benja tinha tirado o pino da panela de pressão e me trancado na cozinha.

Tem gente que não entende essa geração mais autônoma. A Cleide, minha cabeleireira, achou um disparate o Ben ter pedido um ofurô de mesversário. Sempre dei banho nos meninos na pia e estão todos crescidos e saudáveis, ela disse. A Cleide também não gostou de ele ter escolhido o tema da festa: Freud. Ele quis colar imagens dele pela casa para riscar e rasgar. A terapeuta disse que tem a ver com o complexo de Édipo, mas achei bom para o desenvolvimento motor dele. O chato foi que o Ricardo não pôde ir na festinha. Eles estão numa fase complicada o Ben e o pai. Por isso, o Ricardo dorme no quarto dele e ele dorme comigo. O Ben.

Aqui em casa a gente parou de comer carne. O Ben disse que não vai comer a Peppa e ponto final. Eu entendo. Fico lembrando da minha época e acho que não ficaria feliz em ver as Tartarugas Ninjas no meu prato.

Agora preciso ir. Marquei almoço com a madrinha do Ben. Ela anda super chateada, porque ele disse que não gosta de ganhar roupa de presente. Coisa de criança, Carmen, eu contemporizei, sem saber que ela tinha visto o anúncio do macacão no Mercado Livre.

A CULPA É MINHA

`Olha, eu preciso admitir:` a quarentena é culpa minha. Foi esse meu lado antissocial que trouxe a gente para esse buraco. Foi o afeto que tenho pelo meu sofá, a alegria de saber que não posso sair de casa. Foi o desejo de pegar o elevador sozinha, de me livrar do papo sobre a previsão do tempo com o vizinho. Mas principalmente a obrigação de me manter a pelo menos dois metros de distância da Márcia do 56.

Eu não queria tempo para aprender ioga, crochê, ler autoajuda ou fazer curso online de culinária. Eu só queria uma desculpa chancelada pelo governo brasileiro para não precisar ver as pessoas.

É duro o que eu vou dizer, mas a culpa desse momento é minha!

Não pela propagação do vírus. Isso nem teria sentido, até porque tenho quatro amigos e da última vez que fiz sexo o povo ainda gritava: fora Temer!

Mas quando vocês falam quarentena eu ouço felicidade.

Desde que isso começou não precisei mais hospitalizar minhas tias para não ir aos encontros do pessoal da firma nem matar o cachorro que não tenho para pular os almoços de domingo em família. Acho até que estou me tornando uma pessoa melhor, do tipo que lamenta muito, mas a cerveja vai ter que ficar para depois da quarentena.

É um "vamos marcar", com decreto presidencial.

Alguns amigos me ameaçam dizendo que logo vamos poder sair às ruas. Mas torço para continuarmos assim pelo menos até o São João. Imagina um ano inteiro sem quadrilha, sem festa junina da escola nem fotos de adultos com tranças e pintas no rosto?

As pessoas sempre olham para o copo meio vazio. Mas pense na quantidade de chás revelação que não aconteceram por conta do confinamento, de noivados. Outro dia li que caiu a produção de bem-casados e pensei em ir para janela comemorar, mas já tinha gente batendo panelas.

Uma amiga me disse outro dia que estava se sentindo a própria Frida Kahlo. Perguntei se tinha começado a pintar, mas ela disse que era porque não depilava o buço há uns trinta dias. Quem faria depilação para mostrar o rosto para as samambaias?

E o trabalho? A gente passou a vida reclamando do transporte público, da marmita, do mau hálito do moço do RH, do café ruim. Agora que a gente pode trabalhar de calcinha bege e pijama tenho que ouvir vocês dizendo que querem ver gente?

O universo nos presenteou com uma versão 4.0 do paraíso, que foi perdido por conta de uma maçã. Eu não falei cerveja. Eu falei ma-çã. De lá pra cá foi só ladeira abaixo. E agora querem abrir mão de tudo isso por conta do pavê do almoço de Páscoa?

Vocês podem ficar aí buscando sentido ou explicação. Tá cheio de gente casada fazendo isso há trinta anos. Mas quando a felicidade, quer dizer, a quarentena acabar e vocês voltarem para o trem no horário de pico e tiverem de ir ao aniversário daquela tia que votou no Bolsonaro não digam que eu não avisei.

Para de dizer que você sente falta do vento batendo no seu rosto. A última vez que você foi a um parque passou mais tempo procurando vaga do que sentado na grama e saiu xingando o guardador de carros que quis te cobrar vinte e cinco reais.

Você também não fazia ginástica. Só pagava a academia. Agora pelo menos está proibido de ir. Isso é o universo te dando aval para ser sedentário. Pensa nisso!

Também não precisa mais esperar até quinta-feira para abrir um vinho, porque os dias estão confusos e você não vai mesmo sair de casa. Então, beba!

E não me venha falar que está com vontade de viajar, porque aquele carro cheio de malas e crianças descendo a Imigrantes não é viagem. É o inferno travestido de férias.

Vai por mim, você não era feliz!

Seu filho sempre foi chato, você só não passava tempo suficiente com ele para perceber.

E sobre o seu marido eu me recuso a falar.

E, finalmente, pra você, que resolveu descobrir talentos e está tentando fazer um tapete pra sala. Escuta: a felicidade é como aquele pedaço minúsculo de linha que você está insistindo fazer caber num espaço ridículo de agulha para descobrir o óbvio: que não leva jeito. Não para costura.

Ah, não me aborrece!

ISOLAMENTO SOCIAL?

Abri os olhos. Duas ligações da tia Eulália. Isso é culpa da nuvem. Não da tia Eulália, mas do telefone dela estar lá, gravado no meu celular. Tá tudo lá, na nuvem! Eu fico me perguntando: será que eles têm gravado nosso último encontro? Um corredor comprido, e eu ultrapassando recordes mundiais para desviar do chinelo que ela arremessava a cinquenta metros de distância, porque me pegou dançando *Não se Reprima* com a peruca da minha avó. Não sei bem se foi a peruca ou a música, mas ela não gostou. Esse garoto é estranho, Dirce. Eu já te falei. O chinelo me acertou, claro.

Teria sido tão mais simples se eles tivessem entendido. Eu teria me livrado daquela conversa com a minha mãe que começou com "tenho uma coisa pra te contar" e terminou com "é só uma fase e isso vai passar, meu filho".

Vinte e sete anos depois, ainda naquela fase, parece que estou vivendo numa distopia que tem de tudo, já falei da Tia Eulália?, menos distanciamento social.

Dia desses, eu procurava a opção "silenciar o grupo da família", quando pulou um aviso na tela do celular indicando que eu tinha sido inserido em mais três: de ex-alunos de um curso de piano que fiz há uns dez anos; de uma colega de trabalho que decidiu virar professora de ioga depois que foi abandonada pelo marido; outro só de mulheres, chamado "receitas da vovó".

Arremessei o celular, mas o colchão de molas ensacadas fez ele voltar para o meu colo. Tia Eulália já tinha ligado seis vezes. E eu só queria experimentar algumas horas de um dia típico de isolamento que deveria ser, sozinho? Abri a geladeira e apareceu uma live do Wesley Safadão com o filho do Tiririca. Deve ser a ressaca, imaginei. Só isso explicaria alguém ter um filho com o Tiririca.

Entrei no banho para me livrar das notificações. Mal terminava de passar o shampoo, quando o interfone disparou.

Oi, Osmar. Eu estava no banho. Agora? Pode ser pelo celular?

A reunião de condomínio tinha virado uma videoconferência para sortear as vagas da garagem. Minha participação não é importante, eu nunca ganhei nem bingo de igreja, tentava explicar. Mas aí o computador começou a emitir um som que invadiu a casa e imaginei que pudesse ser vírus, mas era o Osmar.

Como?

"Já te incluí no grupo. Está todo mundo aqui".

Eu, de toalha enrolada na cintura, pingando em frente à tela de computador com o seu Geraldo do 14 dizendo que era para eu maneirar na cerveja, porque aquela barriga ele só tinha adquirido depois do cinquenta.

O Lucas do 26, com quem eu queria furar a quarentena, ria como se estivesse assistindo ao discurso do presidente em rede nacional.

Desmoronei na cadeira do escritório.

Uma ventania invadia minha sala pelo canto da janela, secando meu cabelo e minha dignidade. Uma casa de João de Barro se formava na minha cabeça, comentou a Nizete do 43.

Peguei uma vaga dupla com o seu Antenor. Seu Antenor tem 96 anos, da última vez que tentou dirigir um carro automático quebrou os dentes pisando no freio achando que era a embreagem.

O celular começou a berrar no outro cômodo. Corri, deixando aparecer a polpa da bunda, despertando novos risos na minha ex-futura transa.

Pedrão? Mentira. Sei lá como tenho seu número. Deve ser esse negócio da nuvem. Caraca! Quanto tempo! Tipo uns vinte anos?

Eu estudei com o Pedro na oitava série. Depois nos encontramos no batizado do filho de uma prima minha. Foi lá que eu descobri por que a gente não se falava desde a oitava série. Mas ele achou que a quarentena era uma ótima oportunidade para retomarmos esse contato que nunca tivemos.

Foram duas horas e dezessete minutos de um sofrimento desnecessário. A toalha começava a apodrecer. Quando puxei, tirei todos os pelos da minha virilha e lembrei da Marília, uma namorada que sempre pedia para eu me depilar. Maldita!

Minha vizinha batia panela na janela aos gritos reivindicando a saída do presidente. Me dei conta de que já eram oito horas e nem a cueca eu tinha conseguido vestir. Pensava nisso quando vi que o Mauro tinha me colocado num grupo com amigos da faculdade. A foto de um ministro subiu na tela. É ministro ou já caiu?, eu perguntei.

Sete novos avisos no celular: uma live sobre como transformar casca de banana em hidratante ia começar. Os outros avisos eram da minha mãe. Ela dizia que a família tinha marcado um encontro virtual que começaria em dois minutos. Fui clicar para responder e percebi que estava online quando ouvi a voz da tia Eulália.

"Vai colocar um abrigo, garoto! Não tem cabimento encontrar a família pelado. Ainda mais depois de tanto tempo. Ainda mais depilado!"

Tentei explicar, mas o tio Afonso, ex-marido da minha prima, me interrompeu, dizendo que fez uma sobremesa.

"É só pavê, não é pá comê."

O telefone tocou.

"Você vem? Vamos cantar parabéns agora."

Tinha esquecido da festa surpresa da Júlia, uma menina do cursinho que na última vez que a encontrei tocava Corona, hits dos anos 90.

Olhei para o celular, trinta rostos espalhados em quadradinhos sorriam despenteados, sentenciando minha árvore genealógica. Tia Eulália deve ter notado minha frustração e gritou alguma coisa como "esse garoto é estranho desde pequeno." No que minha mãe emendou dizendo "é só uma fase! Vai passar!".

ANOTA O PROTOCOLO, POR GENTILEZA

Você pode dar o nome que quiser pra isso que a gente está vivendo, mas eu chamo de "A vingança dos atendentes de telemarketing". Pense comigo: nós passamos os últimos anos ofendendo a família e a honra dessas pessoas. Todos os dias. Agora, trabalhando de casa, sem convívio social e num semi-lockdown dependemos deles para absolutamente tudo.

Outro dia a internet caiu aqui em casa. Liguei lá e me deixaram esperando vinte e sete minutos na linha. Quando a mulher atendeu, eu já tinha fumado dois maços e meio de Marlboro light e queria apagar o cigarro no canto direito do olho dela. Mas ela disse que estava encerrando o turno e que o Robin já falaria comigo. Que porra de Robin, gente! Mas aí eu já ouvi um tum tum tum tum. Deduzi que a ligação tinha caído mesmo.

Queria deixar para resolver isso no dia seguinte, mas percebi que precisava da internet pra comprar cigarro e para reunião com o gerente de vendas, que ia começar em uma hora. Fiquei mais dezenove minutos esperando pelo Robin, que agora se chamava Pocahontas. Você sabe que essas pessoas inventam o nome para não acharmos elas no Google e mandar matar, né?

A pior parte disso é que com a pandemia a gente perdeu o que tinha de mais valioso contra esses profissionais: o poder da chantagem. Nos dias de mais chateação, eu ligava passando o número da reclamação na Anatel e pedia a portabilidade. Eu dizia assim, pausadamente: por-ta-bi-li-da-de.

Eu tô te dizendo, moça. Não adianta vir com promoção... Quanto? 50%? Por seis meses? Ligação grátis para Tocantins? Tá, tá bom, eu acho que vou aceitar, eu dizia num tom meio vitorioso.

Mas desde que a quarentena começou e eles se deram conta de que precisamos deles até para comprar papel higiênico, a coisa mudou. Lá em setembro do ano passado, cheguei a fazer o teste. Ó, eu estou ligando pra cancelar a minha assinatura. O preço tá um absurdo e é a terceira vez na semana que tá passando A Lagoa Azul, falei pra Ariel, a atendente.

Eu já estava pronta para pedir um desconto de 60%, quando ela me disse: Dona Gabriela, a senhora pode anotar o número do protocolo de cancelamento, por gentileza? Dois, meia, quatro, zero, zero, zero, um, três, um, seis, oito, zero, zero, zero, um, quatro, meia, oito, dois, dois. A senhora quer que eu repita?

Eu perguntei se era uma criptografia da CIA, mas Elsa não estava mais lá. Liguei a TV e a assinatura estava cancelada. Desde quando essa gente resolveu ser competente? Alguém precisa avisá-los que isso aqui é Brasil! Não funciona assim, não!

Tive que retornar à ligação e ouvir a Dory dizer que como o plano havia sido cancelado, eu precisaria pagar uma taxa de adesão de 156 reais. Perguntei se podia parcelar e ela disse que sim, mas que aí o valor iria pra 184. Tudo bem, respondi. E aproveitei pra perguntar se na família dela estavam todos bem e se eu poderia fazer mais alguma coisa por ela. "Avalie o atendimento, senhora. Por gentileza."

Sinto falta da época em que eu ligava no 0800 só para ser mal atendida, fazer umas malcriações, umas ameaças e matar um pouco dessa saudade que é ser brasileira, sabe?

Outro dia resolvi dizer para Margarida, a moça que estava tentando sem sucesso estabilizar a minha internet. Escuta aqui, você sabe com quem está falando? Eu sei, sim, ela respondeu. "É uma pessoa sem internet." E desligou.

Agora estou aqui, falando de um orelhão que fica na esquina do meu prédio. Tudo por culpa do Catatau, o moço que cancelou a linha do meu celular só porque eu disse que ele tinha sido gerado por uma pessoa que gostava muito de sexo. Sua mãe gostava tanto, Catatau, que até cobrava para fazer isso.

É o que estou dizendo: estamos vivendo a vingança dos atendentes.

Desculpa, Magali, estou te ouvindo. Pode falar o protocolo: dois, três, sete, quatro, meia, zero, zero, dois, quatro, nove, seis. São dois zeros, Magali? Ai, desculpa...

O LOCKDOWN DA MINHA VIDA SEXUAL

É sério, não vai ter jeito. Vou ter que contratar um garoto de programa! Eu sei que é o pior momento pra pensar nisso. Mas o menino do Tinder com quem me encontro desde o começo da pandemia começou a namorar. Me mandou mensagem agora lançando este sincericídio completamente desnecessário.

Cara, quem te perguntou se você tá namorando?, escrevi, mas apaguei, graças ao anjo da guarda do WhatsApp que atende pelo nome de "apagar para todos". Taí um recurso que já salvou meu emprego mais de dez vezes e manteve pelo menos meia dúzia de amizades que estavam indo para o brejo por conta de umas digitadas que dei.

Eu posso chamar de romance o que eu tinha com o Edgard? Ah, o moço do Tinder se chama Edgard. Claro que não era romance. Mas era bom. Mais do que bom, era necessário.

Ele aparecia aqui em casa duas vezes por mês. Garrafa de vinho numa mão e teste de Covid na outra. Aí a gente já ia trocando os resultados dos exames para ver se estava tudo bem e só depois rolava um abraço. O sapato, Edgard, deixa lá fora, eu tinha que lembrar ele sempre disso.

Um contatinho fixo nos dias de hoje é tipo um marido 2.0, com a vantagem de a gente poder dar boa noite acenando da porta de casa e escolhendo quando ele vai voltar. A Suelen, uma amiga casada há quinze anos, disse que aquilo que eu estava falando era qualquer coisa menos marido. Depois ela me perguntou como fazia pra baixar o Tinder.

Pra mim, que sou uma mulher hétero solteira, faz todo sentido ter um Edgard para chamar de meu. Mas o que ele não entende é que eu não me importo de ter um

Edgard para chamar de nosso, percebe? Se ele foi acometido pelo amor, quem sou eu pra julgar?

Não anda fácil praticar essa coisa milenar que é o amor entre quatro paredes. Tem amiga minha com quarenta anos que voltou a ser virgem. É que a gente precisa lembrar que a situação já não era boa quando podíamos frequentar rodas de samba, imagina agora com mais de um ano de pandemia e confinamento? Fico ouvindo falar em reabertura das escolas, do comércio, mas tem um monte de outras coisas importantes que também precisam voltar a ficar abertas por aqui.

Se vocês vissem uma foto do Edgar saberiam que se tem uma coisa que a mulher hétero solteira de 2021 não está fazendo é exigência! O João, meu irmão, que é gay e, portanto, não tem direito de discutir sobre escassez sexual comigo, chegou a dizer: parte pra outra! Minha vontade era partir a cara dele.

Falei pra ele: João, frio você não vai passar, porque está coberto de razão, mas minha situação não permite isso. Hoje em dia comemoro o fato de Edgard ter todos os dentes na boca e de quase nunca escrever 'a gente' junto quando está falando de mim e dele.

Vocês entendem como é completamente desnecessário, em meio a essa crise econômica e sanitária, o moço me contar que está namorando? Qual o sentido do Edgard decretar o lockdown da minha vida sexual?

Tá faltando sensibilidade social. Tem até aquela frase que diz que se organizar direitinho todo mundo, né...?

Olha lá, o Edgard está digitando! Será que agora vai me contar que pretende pedir a namorada em noivado? Estou aqui pensando se fica muito chato eu dizer que meu celular caiu na privada e perdi todo o histórico de conversa. Ó, Edgar, parei numa mensagem aqui que você dizia que estava vindo pra minha casa. Você está chegando?

A Sheila, minha amiga, perguntou se eu gosto dele. Fingi que não ouvi e quase mandei ela ligar pro meu irmão. Qual a importância disso, Sheila, na quarentena que é a minha vida sexual?

É a terceira vez que o Edgard digita e apaga. Se eu não tivesse nessa situação já teria bloqueado, mas estou pensando em mandar uma cesta de café da manhã para casa dele. Também posso ir pessoalmente entregar e contratar aqueles carros de som que tocam música do Wando e soltam balões em forma de coração.

Pera aí, pera aí. Ele tá dizendo que digitou errado! Ai que alívio! Deve ter sido tudo um engano. Olha lá. Ele apagou de novo. Agora tá escrevendo. Ele deve me chamar para jantar lá hoje, quer ver?

Ele está dizendo que não é namorada. Ufa! E eu aqui fazendo esse escândalo... Tá digitando ainda. Ó, agora vem o convite...

"É namorado, Camila".

Mano, ele tá namorando um boy!

"Tô apaixonado pelo João. Ká Ká Ká", ele escreveu.

Ká ká ká? Quem tá rindo, Edgard? Você tá pegando meu irmão e me lança uma onomatopeia?

Olha, Edgard, a minha única alegria é saber que nesse combo que envolve meu irmão você tá levando minha mãe como sogra, Edgard, na pandemia, com confinamento. É que ela mora com o João. Ká Ká Ká Ká Ká Ká.

APAGAR PARA TODOS.

NOVO NORMAL, SÉRIO?

Cada vez que uma pessoa pronuncia as palavras novo normal, sete árvores pegam fogo no Pantanal. É bom eu dizer isso até pra você não ficar achando que um dos principais biomas do mundo está morrendo por causa do governo ou da caixa da pizza que você não recicla ou dos fazendeiros que fazem fogueiras.

Não. É tudo culpa do novo normal mesmo.

A explicação é simples: para admitir um novo normal a gente precisa supor que tivemos um velho normal. Ou só um normalzinho que fosse, entende o absurdo?

No começo da pandemia eu ouvia as pessoas dizendo que a gente ia sair melhor dessa crise, mais generosos. Que ninguém mais ia explodir caixa eletrônico e que íamos começar a frear na faixa de pedestre. Mas quarenta anos depois — acho que é mais ou menos esse o tempo que estamos vivendo na pandemia — a gente continua tacando fogo em índio.

E pra você que está vendo o copo meio cheio, eu tô aqui pra colocar cloroquina no seu chopp. Pensa bem: tirando o calo nas mãos por conta do rodo e da vassoura, e dos dois metros a mais de circunferência em volta da cintura, o que você ganhou nessa quarentena?

Antes a gente saía para trabalhar e largava a louça do café da manhã na pia junto com a criança, sem culpa nenhuma. Era a pressa, o chefe, o trânsito, os boletos...

Na hora do almoço, ia fazer a unha e comer num lugar gostosinho, carinho e hypezinho.

Quando chegava em casa, a faxineira, aquela moça que você chamava de Fátima e agora evoca através do diminutivo, tinha lavado a louça, a criança e alimentado o marido. Todo mundo estava feliz e seu pé não grudava no chão da cozinha.

Já no novo normal — menos sete árvores, sorry — eu uso a hora do almoço pra lavar o banheiro e jogar água sanitária no meu ex-marido. Ah, vocês entenderam...

A gente queimou sutiã, ocupou a Paulista, amassamos nossas melhores panelas e terminamos escolhendo feijão durante uma reunião on-line com mais seis executivos.

É impressão minha ou nossas avós já faziam isso assistindo ao Programa do Silvio Santos?

Na semana passada eu perdi o sábado tentando entender o manual de instruções do aspirador de pó. Mas já foi pior: em março eu perdi um final de semana inteiro tentando achar o aspirador. Liguei em desespero para a Fátima dizendo que já tinha revirado tudo. "Dona Solange, está embaixo do armário das ervas". Fiquei desesperada e corri para o meu quarto. Depois fui entender que ela estava falando do orégano e do manjericão.

Estão dizendo que a quarentena acabou, mas alguém precisa ligar na escola das crianças para avisar. Eu já ofereci vender o apartamento da praia para ajudar na construção de um anexo para o colégio ou até de passar o imóvel para o nome da diretora, mas ela ficou irritada.

Deve ser falta de carboidrato por conta do preço do arroz.

Isso aí também acabou no Brasil. O arroz.

Só queria saber se vai ficar assim ou teremos um Novo Normal Parte Dois ou um Novo Normal Eu Sei o Que Vocês Fizeram No Verão Passado.

Comecei decorando a tabuada com meu filho, mas na última semana disse para ele aprender a tocar flauta pelo Youtube, porque escola não presta e deveria tentar ganhar a vida lá no metrô República. Eu sei, a gente erra o tempo todo. Devia ter falado para ele apostar no violão que o pessoal gosta mais e é bem menos América do Sul.

Fico lembrando como eu era em fevereiro daquele ano de 2020 e me dá uma saudade... Uma mulher que fazia ioga, jogava tênis e não arremessava crianças. Eu lia Virginia Woolf, gente! Agora, consulto tutorial de como tirar mancha do pano de prato.

E se você falar que é só colocar bicarbonato com água fervendo, eu pego seu último saco de arroz e jogo pela janela.

Por falar em janela, aqui em casa eu não abro as cortinas desde maio. O vidro pegou uma espécie de fungo e está tão embaçado que eu não vejo mais a avenida. Meu marido chegou a dizer "ele tá velho, amor." Eu perguntei se ele estava falando da janela ou do nosso casamento.

Mas nem tudo é ruim nesse novo normal. Uma amiga me chamou para almoçar fora na semana passada. Não era na varanda. Cheguei suando por causa da máscara e dos 39 graus que faziam na sombra. Tinha o buço molhado, mas me sentia feliz com a ideia de estar pessoalmente com um adulto que não larga a toalha molhada na minha cama. Comida com tempero, comer sentada, não lavar a louça... Mas aí, logo na entrada, um moço colocou uma pistola na minha testa e eu, que não saía de casa desde março, gritei: leva tudo, filho da puta!

Minha amiga saiu andando. Chamei, mas acho que ela não ouviu. Gritei, mas ela apertou o passo e acabou entrando num táxi. Acho que a Rose também pensou que fosse assalto.

Foi chato, mas valeu a pena porque na volta eu parei numa vendinha perto de casa e comprei três removedores pelo preço de um.

A gente tem que ver o lado bom das coisas, eu disse pro meu marido, enquanto ele colocava as roupas numas caixas de papelão. Faz dois dias que ele saiu para comprar pão de semolina. Não precisa, eu disse, mas ele insistiu. O tempo está correndo de um jeito estranho durante o novo normal. Puuutz, já foi um hectare nessa brincadeira.

Acabei de ver que estão pensando em estender o ensino remoto até dezembro de 2021. Isso dá mais ou menos um ano e três meses. É o tempo que o mais novo precisa para decorar Então é Natal e estrear. Lá na República.

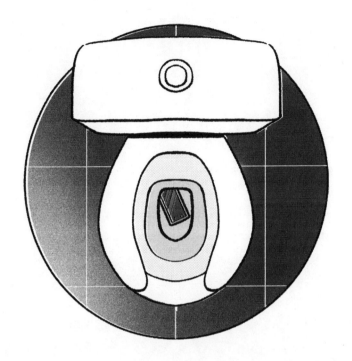

BANDEIRA BRANCA, AMOR

Bandeira verde, amor. Eles falaram que a quarentena acabou, eu disse meio correndo meio gritando pro Edu, enquanto ele passava aspirador no quarto.

Quando cheguei na porta, percebi que ele estava com o fone e não tinha ouvido nada do que eu tinha falado.

Oi, você falou comigo?, ele perguntou franzindo a testa tentando me escutar.

É Gal, amor? Eu perguntei se você está ouvindo Gal.

Quando vi o Edu tirando a rinite e a crise alérgica do nosso quarto sem eu ter que pedir, me dei conta de que ele tinha se tornado um cara quase possível de partilhar a vida depois da quarentena, sabe?

Então, Juliana, você vai dizer que ouviu no noticiário que o Brasil está levantando a bandeira verde para a pandemia, decretando o fim da quarentena e dando aval para sua sogra aparecer na sua casa dia sim e outro também?

É assim. Eu gosto da família do Edu, mas percebi que gosto mesmo da família do Edu com distanciamento social. Na pandemia notei que eles sempre foram grupo de risco. Não da coisa do vírus, mas da minha saúde mental. Por isso, resolvi levantar minha bandeira branca.

Desde março a Dona Lúcia não vem aqui em casa para me perguntar quando vou dar um neto pra ela. Também não me manda passar sapólio nos talheres, porque na minha casa eu sempre fiz desse jeito, querida. Ela diz assim: "que-ri-da", transformando essa paroxítona em tentativa de homicídio doloso.

Fiquei chateada, mas na pandemia a gente também não pôde ir ao casamento do Érico e da Adriana, um casal de amigos dele, que ele insiste em chamar de amigos nossos, numa chácara com pagode e Bavária. Eu não estou falando daquela região da Alemanha. A festa foi em Poá e disseram que ia ter cerveja, mas a gente sabe que não tinha, certo?

Enfim, quando me agarrei àqueles milésimos de segundos que me separavam do confinamento com o Edu faz faxina do meu antigo marido "onde está minha camiseta pólo, amor?", tive de decidir se contava sobre o fim da pandemia e incrementava as estatísticas de divórcio ou se eu seguia esse lindo romance de confinamento longe da mãe dele e dos amigos que não gostam de cerveja puro malte.

Não me julguem.

Edu, deu pau na rede aqui e tão dizendo que precisam de 101 dias para consertar.

Eu sei, eu sei. Já entrei em contato com o Procon, mas não se preocupa. Fica com as janelas que eu cuido disso aqui, eu disse enquanto cortava o fio do telefone.

Eu, meio Carminha da Avenida Brasil, interfonei para portaria e falei que estávamos indo passar uns dias fora.

Não, Joel, não precisa pegar o lixo. E nem pensa em ligar aqui quando chegar qualquer encomenda e muito menos visita. Você pode dizer que a gente não está, expliquei meio sussurrando enquanto procurava a chave do carro e corria para o mercado pra transformar a dispensa num bunker.

Claro que eu não precisava ter deixado cair o celular do Edu na privada para ele não ter acesso às redes sociais e muito menos ter dito amor, assinei todos os canais de esporte de presente de aniversário, você merece.

Situações drásticas exigem um certo sacrifício, incluindo o Galvão Bueno, eu pensei.

Você deve estar pensando que sou louca, mas como você nunca teve de decorar a árvore de natal com a mãe do Edu e nem fingiu ficar presa no banheiro pra não ter que ver o pai dele tirar o resto do peru com o palito de dente na ceia, não vai me entender.

Hoje, faz sessenta dias que estamos vivendo nessa clausura disfarçada de quarentena imposta por mim. Mas preciso confessar que estou muito feliz. Mesmo sabendo pronunciar o nome de todos os jogadores da liga de futebol da Hungria. Só de não ter mais que participar de chá de bebê nem presencial nem online, minha pele está ótima!

Ontem, quando o Gyula Grosics fez um gol de pênalti, até pensei em contar para o Edu que a quarentena tinha acabado, mas aí eu lembrei que estamos a uns cinquenta e poucos dias do Natal e que eu podia deixar o anúncio como resolução de Ano Novo. Tipo junto com o jejum intermitente que pretendo fazer em 2021.

Vai começar o campeonato belga de peteca e o Edu está confuso. "Amor, por que eles podem ficar assim um perto do outro sem máscara e nós no Brasil não podemos sair de casa?". Estou explicando para ele, Edu, lembra que na Europa eles fizeram duas guerras mundiais e a gente nem com o Paraguai conseguiu brigar direito?

Vai, vai, com força. Pooooonto do Romelu Lukaku Witsel!

ARANTES E DEPOIS

"O sujeito sabe que tá numa situação ruim quando começa a usar o presidente, veja só, Paulo, o presidente pra tentar botar algum juízo na cabeça do filho."

Encontrei o Arantes sem querer num café no centro. Eu gosto do Arantes, mas esse tipo de encontro surpresa costuma me trazer mais angústia do que satisfação. É que para evitar o flagelo de silêncios excruciantes, lanço mão de perguntas e piadas absurdas e passo a confidenciar intimidades. Depois de quase dois anos de confinamento, praticamente sem botar o nariz para fora de casa, isso piorou ainda mais.

Eu não queria saber do filho do Arantes, por exemplo. Até cheguei a cogitar que ele fosse estéril segundos depois de a pergunta ter pulado para fora da minha boca, mas já era tarde para evitar que ele derramasse sobre mim toda sorte de misérias que acomete o brasileiro médio nos dias de hoje.

O Arantes, que a esta altura já estava sentado na minha frente com uma média e um pão na chapa, precisava mesmo desabafar.

A gente achava que a pandemia ia deixar essa herança boa, né? De acabar com essa obrigação de tomar um café com o ex-colega de escritório, mas aqui estamos nós, disse meio rindo para em seguida notar um constrangimento desnecessário.

Me diga aí, o que está acontecendo com seu moleque?

O moleque do Arantes tem 13 anos e ao que tudo indica é um adolescente difícil de engolir. Eu não sei se existem adolescentes de fácil deglutição, mas imagina que o cara está usando o Planalto para tentar educar essa criança. Para mim, que saí debaixo das cobertas apenas para pegar uma baguete e sonhava com a volta para casa, foi o suficiente para saber que entre mim e o Arantes não sobraria espaço nem para eu dizer que me separei da Márcia por causa do Guto do financeiro.

"O menino não fala comigo desde ontem porque chamei ele de Bolsonaro. Eu sei que a gente não deveria dizer isso pra ninguém, nem brincando, muito menos para um filho, mas ele deixa o nariz pra fora da máscara toda hora."

O boletim também está uma lástima, segundo o Arantes. "Tá parecendo minha vida conjugal, Paulo. E eu já falei: não quer estudar? Tem uma porção de cargos nos Ministérios pra você ocupar. Ele se pôs a chorar, acredita?"

Eu entendo a vergonha dessa geração que vê o governo como uma espécie de novela da Record. Mas o problema é que o moleque deu a negar a nacionalidade.

"Outro dia ele inventou que era colombiano, Paulo, vê se pode um negócio desses. Eu falei do Pablo Escobar, do narcotráfico, mas aí ele me perguntou o que era milícia e eu fiquei sem jeito e chamei ele pra assistir Paraná e Ferroviário. Série C do brasileirão, Paulo! Eu tô perdendo minha autoridade, não sei mais o que dizer pra esse menino", desabafou o Arantes.

Não deve ser fácil educar um adolescente nos tempos de hoje, ainda mais nesta pocilga que se tornou o Brasil, por isso não julgo o Arantes por ter dito ao filho que ele poderia ficar igual ao Cerveró caso continuasse tentando colar nas provas da escola. E nem por ter tirado dele duas semanas de videogame por usar a camisa da seleção brasileira. Como o Arantes ia saber que era festa à fantasia do clube?

A situação ia bem. Não para o Brasil e muito menos para a família do Arantes, mas nosso encontro seguia numa cadência admirável, principalmente tendo em conta que havíamos nos visto apenas duas ou três vezes no happy hour da firma. Mas quando ele parou de falar fui tomado por aquele descontrole que me faz desandar a dizer coisas absurdas e, mesmo tentando segurar um silêncio de três pigarros, acabei perguntando se ele andava transando com a mulher dele.

"Não entendi, Paulo. Repete que o moço de trás pediu uma coxinha bem na hora."

Você come por trás, Arantes? Ahahahahaha. Cuidado pra não virar o me-Temer da turma. Ahahahahaha. Ó, se você prefere no quarto, tudo bem, mas o Ricardo Salles. Ahahahahahah. E se você não topar dar muito, Arantes, a Da-mares que você, entendeu? Ahahahaha. Entendeu, Arantes? Desculpa, desculpa, eu tô rindo porque não sei se eu consigo fazer isso, mas o Fábio Faria...Ahahahahahaha.

Arantes?

Ô, Arantes, volta aqui...

QUARENTENA, BBB E OUTRAS MISÉRIAS

Nessa nova fase da quarentena, decidi que chegou a hora de assumir o protagonismo no meu confinamento. Eu poderia dizer que resolvi tirar a bunda do sofá, mas seria demais para quem acabou de trocar o forro dele. O fato é que depois de assistir à videoconferência de uma amiga do colégio com "dez dicas incríveis para tirar cravos sem sair de casa", decidi fazer minha própria live. A ideia era falar de resenhas de livros para amenizar a culpa que sinto por assistir Big Brother. Todos os dias.

Divulguei o evento para os amigos, minha gerente do banco, gente que faz ioga e para o meu vizinho de cima que sempre ignorou a máscara. Até chamei um primo com quem eu não falava desde 2018. Quando lembrei porque deixei de falar com ele no ano da eleição, acabei dizendo que a live foi cancelada.

Eu estava emocionada por ter um espaço livre para compartilhar ideias, pensamentos e voltar a cometer injúrias acompanhada por uma pequena plateia, coisa que não acontece desde que os bares fecharam. Em 2017, acho.

Comecei pedindo paciência e dizendo que ia esperar mais uns minutinhos pra dar tempo das pessoas chegarem. Choveu e o trânsito deve estar horrível, eu disse lembrando na sequência da fase vermelha e do lockdown. O pessoal ao qual me refiro era composto pela minha mãe, meu irmão, o Jamil, meu marido, e um estagiário da empresa que eu tinha contratado uma semana antes.

Opa, chegou uma pergunta, eu disse imaginando uma audiência ainda não contabilizada. Mas era a minha mãe querendo saber "por que você cortou a franja de novo?", com um emoji de tédio seguido de um com linguinha pra fora. Estão perguntando se eu vou comentar os poemas do Maiakoviski. Excelente ideia!, improvisei.

Quando o estagiário, que ainda estava em período de experiência, saiu, percebi que era melhor parar por ali, e aleguei problemas na internet, mas ficou claro para os presentes — minha mãe e meu irmão — que a instabilidade era emocional. O Jamil, que permaneceu conectado, mas foi jogar Playstation, super me deu razão.

Comecei a fazer análise há dois meses e consegui a proeza de trocar as angústias de uma vida inteira pela preocupação de que meu marido estivesse ouvindo minhas sessões. Eu fico na sala e ele fica no quarto e cheguei a comemorar a venda de um rim para aquisição de portas de madeira maciça, mas ainda passo a maior parte do tempo tentando flagrar o Jamil atrás da porta com um copo no ouvido.

Minha analista insiste em dizer que a porta é um sintoma, mas procurei na internet e só encontrei reações associadas ao Covid: nariz escorrendo, tosse e dor no corpo. Ela acha que o ideal é nos vermos duas vezes por semana. Nem meu marido quer isso, argumentei lisonjeada. Mas aí eu fiz as contas e declinei. A prioridade é trocar as portas.

Tenho tentado tomar decisões mais responsáveis e conscientes nesses sete anos de confinamento que a gente tá vivendo. O jardim que fiz no começo da pandemia, por exemplo, eu troquei por um bar, que além de ser muito mais útil não precisa de adubo. Também me desfiz da bicicleta ergométrica, que não estava me levando a lugar nenhum. Minha amiga perguntou se eu vou fazer o mesmo com o Jamil.

Quase uma década depois desse novo mundo que a gente tá experimentando, eu queria poder dizer que eu escrevi um livro e quatro roteiros, mas a verdade é que eu fico aqui pensando como é que a Karol Conká vai fazer pra retomar a carreira dela. E fico tentando estabelecer paralelos dos participantes com Kafka, apenas para fugir do óbvio: eu não quero que o Caio ganhe a prova do anjo nunca mais!

Acabei de ver aqui a atualização do calendário de vacinação. A minha está prevista para novembro. Tá aqui: novembro de 2023. Já estou super programando a próxima viagem de férias. Ontem falei para o meu marido que se a gente vender o apartamento dá pra passarmos três dias na Disney.

Acho que o momento exige coragem para tomarmos grandes decisões. O Jamil estava me dizendo isso agora há pouco. Falou que tinha decidido uma coisa muito importante, mas que não era nada comigo, que o problema era com ele... Não foi, Jamil? Jamil?

COM QUE VACINA EU VOU?

Estava na fila do supermercado, mantendo uma distância social menor do que o meu humor gostaria, quando ouvi a mulher da frente dizendo que não era porque tinha medo de virar jacaré, mas que a vacina da China ela não ia tomar nem a pau.

Olhando para o seu rosto, pensei que ter membranas seria a melhor coisa que poderia acontecer àquela senhora desde o advento de Ivo Pitanguy e, por isso, acabei não conseguindo dizer nada.

O destino quis que eu a encontrasse no estacionamento, prestes a entrar no seu carro chinês, com seu fone de ouvido chinês, carregando seu cachorro chihuahua, que eu acho que não era chinês. Tá vendo isso aqui?, perguntei apertando o pacote de macarrão. Foram os chineses que inventaram.

Acho que a pandemia roubou o resto da pouca paciência que eu tinha. É verdade que a seleção brasileira e o sete a um contra a Alemanha já tinham levado boa parte, mas esse um ano e meio de confinamento está me tornando uma pessoa mais impetuosa. Pelo menos foi o que disse o Bruno, um moço que trabalhava comigo. Ele comentava numa videoconferência sobre um texto que dizia que a vacina era uma invenção da indústria para encher os cofres públicos de dinheiro e que, por isso, "já tô avisando que não vou botar nenhuma porcaria dessas pra dentro", ele anunciou.

Esqueci que o vice-presidente estava na call e acabei falando, ô Bruno, a gente que te conhece sabe que você já colocou porcaria muito maior e até muito menor pra dentro, vai... Desligaram meu áudio e em seguida terminaram a reunião.

Até hoje não me perdoo por ter tirado o Bruno do armário daquela forma, mas não dá para ouvir esse tipo de coisa calada.

Com a Beatriz foi assim também. Estávamos num happy hour online, que duela com a bota ortopédica no ranking de métodos de tortura, quando ela falou que estava super desconfiada das vacinas e que achava melhor investir no mindfulness. Meu, que porra é essa, Beatriz, eu perguntei. Ela explicou que era o esvaziamento da mente e eu respondi que devia ser por isso que ela estava falando um absurdo daqueles. Logo você, Beatriz, que come salsicha três vezes por semana, está preocupada agora com o que vai consumir?

Acho que além de ficar sem vacina, vou acabar ficando sem ter com quem conversar até o final da pandemia. Outro dia o porteiro me parou na entrada do prédio para perguntar que vacina eu ia escolher para tomar. Reginaldo, a que tiver eu tomo. Não tem essa de escolher, não! "Ah, eu vou querer aquela que tem nome de universidade estrangeira", ele me disse meio rindo. E se não tiver essa, Reginaldo, o que você vai fazer? "Vou continuar tomando as vitaminas que o presidente falou pra gente tomar".

Olha, Reginaldo, minha vontade é mandar você e o presidente tomarem outra coisa em outro lugar, mas eu tô com pressa e ainda tentando encontrar forças para perdoar você por ter matado minha samambaia.

Minha falta de paciência está afetando minhas relações mais sinceras, como a que eu tinha com o Reginaldo, que agora me faz descer todas as manhãs para buscar o jornal.

Acho engraçado um povo como o brasileiro, movido à bife de coração, questionar a origem da vacina em meio à maior epidemia do século. Ainda mais num país em que o presidente decidiu não comprar vacina e, por isso, tem, mas acabou. Agora, este povo que acordava cedo no sábado para comer pastel de feira, que se deliciava com ovo cozido do boteco da esquina, que ovaciona o torresmo e se mete na frente da churrasqueira para assar linguiça, quer escolher que vacina tomar. Gente, se a vigilância sanitária fizer um batidão no centro de São Paulo não sobra um bar decente pra gente beber uma cerveja.

Um povo que coloca ketchup no arroz e feijão tem condições morais de questionar a eficácia de uma vacina? Uma gente que sobrevive a um sábado na Vinte e Cinco de Março e a seis dias de carnaval regados a catuaba suporta qualquer coisa, quanto mais um imunizante.

Tenho uma tia que me perguntou outro dia no grupo da família se eu não tinha vergonha dos meus colegas jornalistas. Respondi que colega, tia, é igual família, a gente não escolhe, mas nunca vi nenhum deles falando mal da torta de frango da sogra, apesar de elogiar todo Natal. Minha avó entendeu o recado e saiu do grupo na hora.

O buraco é mais profundo que a aniquilação da minha vida social, mas teve um tempo neste país em que estava tudo no lugar.

A Juliana Paes era a Bibi Perigosa, dona do morro na novela das nove. O Mario Frias era galã na Malhação e o Bruno Gagliasso fazia Chiquititas. A Regina Duarte era a namoradinha do Brasil, lembra? Seu pior delito era esconder que era mãe do próprio neto.

Estava tudo certo neste país, mas a gente reclamava!

Agora, o Mario Frias virou Secretário da Cultura no lugar da Regina Duarte, que está ao vivo na TV cantando "pra frente Brasil salve a seleção." A Ju Paes anteontem tentava escalar um muro para encontrar o centro do debate político, enquanto o Gagliasso, que tem sete propriedades em cada estado, defendia o comunismo a plenos pulmões.

A verdade é que a melhor coisa que a gente tinha acabou. E eu não estou falando da liberdade de imprensa. Estou falando do BBB.

O Brasil tá lascado!

UM PET CHAMADO PANDEMIA

Era uma quarta-feira, tipo umas onze da manhã. Ela não costuma ligar sem mandar mensagem, por isso eu atendi no terceiro toque. Me pergunto por que o identificador de chamadas não evoluiu para o que ele realmente deveria ser: um identificador de assuntos, o que evitaria uma dúzia de aborrecimentos, mas principalmente um cachorro na sala da minha casa.

A Pati não entende, mas desde que a pandemia baixou por aqui eu mal consigo manter o meu corpo e o do Julinho limpos, imagina um animal de quatro patas? O último que passou por aqui tinha apenas duas, usava um perfume cafonérrimo e eu tive de bloquear no Whats App. Era isso que eu tentava explicar para ela naquela manhã.

Tenho amigos cuja insistência já virou defeito de caráter. A Pati já chegou a me tirar de casa numa manhã de domingo gelado para um passeio de trem em Paranapiacaba. Mal consigo escrever a frase sem sentir frio. Ela começou dizendo que seria lindo revisitar aquele patrimônio histórico e descambou para os flagelados da Palestina, passando por Carpe Diem. Quando dei por mim, estava fotografando o pátio ferroviário enrolada num poncho.

Por isso, naquele dia fui muito incisiva com ela e disse que não adiantava ela ficar me falando aquelas coisas e apelar para minha culpa, porque eu sentia pena, mas não podia fazer nada. Na pata? Ela tá machucada na pata?, perguntei. A Pati foi dizendo que me entendia e que "amiga, você está certa e a cachorra vai superar essa saudade mesmo sendo uma relação que vocês nunca tiveram, até porque ela parece ser muito dócil, extremamente dócil, amiga, apesar de agora ela estar chorando de dor."

Em geral, costumo ter uma memória bastante ruim, do tipo que me obriga a simular desmaios na fila do caixa do supermercado porque esqueci o nome do meu chefe plantado na minha frente com um litro de óleo e um saco de arroz querendo me apresentar à esposa.

Mas eventos catárticos, do tipo que nos fazem colocar um vira-lata de nove meses num apartamento de setenta metros quadrados no meio da pandemia, costumam ser indeléveis. Essa exatidão do dia, da hora e de como tudo começou é só uma forma que arrumei de passar a vida jogando na cara da Patrícia o fato de eu ter aparecido numa esquina do centro da cidade para resgatar uma cachorra que chorava de saudade de mim. Também culpei minha analista, que notadamente não está manejando bem meu narcisismo.

Vou digitando isso sem alterar as expressões do rosto, porque a Cacau está me olhando e se ela perceber que eu desliguei a videoconferência, vai pular no meu colo e arrancar meus óculos com a língua. Seria o quarto em dois meses. A moça da ótica já trocou de carro por causa da Cacau, mas ela atribui essa compra frenética de lentes a uma libido desenfreada. Não sou eu que vou contar que adotei uma jaguatirica travestida de pet.

A Cacau ainda não aprendeu espanhol, por isso tenho priorizado as reuniões com a equipe da América Latina. Um deles chegou a me perguntar se a empresa estava pensando em cortar custos e trazer a operação toda para o Brasil. Tive que tranquilizar uma *chica* que se pôs a chorar no meio da call. Se a Pati estivesse aqui eu tinha adotado a moça.

Eu tentei explicar pra ela que minha cachorra aprendeu inglês e sempre que eu me despeço nas reuniões com o time de Nova Iorque, um espírito do mal toma o corpo dela ameaçando meu notebook, meu óculos e minha amizade com a Patrícia. A Pepi de Palma, que já estava mais calma, me aconselhou a sair das reuniões sem me despedir, mas duas semanas depois recebi um email do RH perguntando se tinha problema com alguém da equipe e se precisava me afastar, mas disse que não podia porque precisava comprar fraldas para Cacau que está menstruada. "Filha adolescente é um desafio, né?", me respondeu a Kátia do RH, que não tem uma amiga chamada Patrícia e nem uma cachorra pra entender o que eu estou vivendo.

Outro dia peguei o Julinho comendo ração na vasilha da Cacau. Percebi que não tinha feito o almoço e que ele não tomava banho há cinco dias. A última vez que lavei meu cabelo foi dando banho na cachorra que estava cheia de terra por ter comido minha samambaia.

A professora do Julinho mandou um bilhete na agenda. "Dizer toda semana que a cachorra comeu a lição pode ser um problema", ela sentenciou. Pensei em levar a Cacau na casa dela para me vingar de um ano e meio de aula online.

Minha casa costumava ser muito barulhenta, mas desde que Cacau chegou a gente fala baixinho para ela pensar que estamos dormindo. Com as luzes apagadas, acabamos pegando no sono sem colocar pijama, escovar os dentes e jantar. A economia tem ajudado a custear o tratamento dentário que a Cacau precisa fazer por conta das cadeiras da sala que ela comeu.

Fiquei sabendo que a Patrícia mudou de país. Uma amiga me disse que ela entrou na lista de proteção do Governo depois de uma mensagem que mandei. Não consigo reproduzir exatamente, porque Cacau mastigou o teclado do celular e agora passa o dia fazendo palavras cruzadas.

Vim para o centro com o Julinho, porque ficamos presos fora de casa. Estamos numa esquina. A Cacau já deve estar chegando.

FELIZ DIA DA CARENTENA

Assim que abro os olhos falo: bom dia! Eu me viro na cama com um sorriso meio de canto, enquanto estico os braços e me espreguiço olhando para ela. Parada, na posição de sempre, ela me devolve o olhar. Uma cena que poderia ter saído de um filme francês. Eu digo poderia, porque durmo vestindo uma camiseta com uma foto de um vereador da Zona Leste que eu ganhei na campanha de 94.

Foi mais ou menos nesse período que conheci Ariel. Estava de férias e a vi com as amigas numa loja. Me apaixonei na hora. Fiquei pensando em como seria viver com ela no Brasil. Lembrei do dólar, do preço do barril de petróleo, mas acabei cedendo. Estamos juntas desde então. Ela tolerando meu cinismo e eu lidando com sua falta de atitude.

O café está pronto, falo assim que termino de fritar os ovos. Vou colocando a mesa devagar e fazendo várias viagens desnecessárias entre a sala e a cozinha. Qual o sentido desse trajeto com uma manteiga na mão direita e com a esquerda vazia? Tenho ouvido muito sobre o esvaziamento da esquerda e o excesso de gordura da direita.

Bom apetite, falo levantando a caneca. Mesmo com todos meus gestos e bons modos, o silêncio aqui em casa tem sido imperativo. É só uma crise passageira por conta da pandemia, penso. Mas minha mãe insiste em dizer que Ariel não é exatamente quem eu acho que ela seja. Às vezes, acho que ela é mais cínica do que eu. Minha mãe, não a Ariel.

Uma amiga me disse que deveria procurar um psicólogo para lidar melhor com essa carentena. Não entendi, mas ela chamou assim: carentena. A Paula terminou o casamento uma semana antes do confinamento. Quem faz uma coisa dessas?, perguntei. "A Organização Mundial de Saúde", ela respondeu. A Paula não entendeu que eu estava falando da separação e não do isolamento social.

A situação dela tem me preocupado. Cheguei a comentar isso com Ariel. Na semana passada explicava para Paula que ela não deveria usar uma foto de criança nos sites de relacionamento. Mas ela me interrompeu dizendo que tinha um encontro virtual para logo mais. Você sabe que ainda tá de dia, né?, falei. Ela explicou que tinham combinado às quatro da tarde, porque o Aristides jantava cedo, mas que os netos tinham ensinado ele a usar o aplicativo direitinho e que, com o tripé que ele comprou para apoiar o celular, não tinha perigo de atacar a artrite. Eu não gostava do ex-marido da Paula, mas cheguei a digitar uma mensagem para ele pedindo que repensasse a separação.

Por falar em gente solteira, a Jéssica, do trabalho, me disse outro dia que está há tanto tempo sem transar que acha que voltou a ser virgem aos quarenta e dois anos. Eu ri, mas ela não. Nem a Ariel, que estava ouvindo a conversa. Às vezes, essa falta de reação da Ariel me aborrece demais. Mas quando olho praquele cabelo vermelho acabo esquecendo a chateação. Talvez ela esteja sentindo saudade do mar. Nunca vi alguém para gostar de água igual ela.

Até comentei isso com a minha mãe, mas ela mudou de assunto. Minha mãe nunca aceitou o fato de eu ser gay.

A Joana, minha vizinha, está pior que a Paula. Ela disse estar surtada por não ter ninguém no dia dos namorados. Perguntei se ela morreu no dia de finados ou se adotou uma criança no dia das mães, mas ela desligou o telefone na minha cara. Nem deu tempo de perguntar se ela botou ovos na Páscoa.

Todo mundo sabe que essa data é to-tal-men-te comercial. Ela foi feita só para a gente gastar dinheiro. No último Dia dos Namorados acabei me comprando um buquê de rosas vermelhas e ainda escrevi no cartão: "sem você, não sou ninguém."

Não espero mais esse tipo de coisa da Ariel. Para ser sincera, nem sei por que ela continua aqui. Deve ser a dificuldade que ela tem de locomoção. E o fato de eu chamá-la de sereia e não pedir para ela dividir o aluguel. Mas minha mãe, que é cínica, diz que ela não vai embora porque tem uma cauda e é uma boneca de pano.

O interfone está tocando. Oi, Oswaldo... Pra mim? Nossa... Nem lembrava do Dia dos Namorados... Tem um cartão com meu nome e um coração do lado? Tá pintado? O coração, Oswaldo, ele tá pintado? Aiiiii... Tá bom, tô descendo...

TRANSPARENTE, INODORA E SEM FORMA

Semana passada descobri que gosto de mostarda. Às vezes, a gente precisa perder o gosto pela vida para começar a experimentar tudo de novo. Entrei em quarentena já faz uns dois anos. Esse ambiente da casa, de ter poucos encontros físicos e de viver amizades num lugar de memória afetiva são velhos conhecidos meus. O autoisolamento foi meu processo de cura e a forma que encontrei de parar. Eu precisava muito parar.

Recebi meu diagnóstico de transtorno bipolar nesse período. Mas a verdade é que eu não precisava de um médico para me dizer que eu estava doente. Olhar para o lado e não ver ninguém era um indício do que tinha se tornado a minha vida. É injusto dizer ninguém. Elisa estava lá. Ainda tinha seu amor, seu olhar e sua mão. Às custas do quê eu nunca vou saber, mas ela continuava segurando a minha. Por ela, eu precisava voltar.

Sou filho de um programador e atleta, que sempre viveu cercado de computadores e da natureza, mas com quase nenhuma habilidade com gente. Foi o trabalho dele que viciou meu olhar para as coisas que estão erradas. Para a letra colocada fora de ordem e que compromete todo o código de programação. Seu amor pelo natural me ensinou a sobreviver sob muitas condições. Para um cara nota sete como eu, viver perseguindo cem por cento de acerto é condenar-se a uma prisão solitária.

Meu pai me ensinou a ser sozinho.

Nossa casa ficava em Jacarepaguá, bairro típico da classe média carioca. Entre fios, cabos e um isolamento permanente, vivia também uma mulher apaixonada pelas descobertas e pela necessidade de fazer coisas novas o tempo todo. Minha mãe é uma sonhadora completamente fascinada pelas novidades e pelo futuro.

Foi ela quem me ensinou a gostar da vida.

A família me trouxe a certeza de que eu sempre teria para onde voltar. Ali, dentro daquela casa, fui sendo talhado pelos extremos. Que me moldei nessa montanha russa de altos e baixos e onde tive contato com a bipolaridade pela primeira vez. Ser bipolar não é simples.

Num mundo cheio de coisas feias e distorcidas, é estranho a gente ter vergonha de falar dos nossos sintomas, das nossas dores. Como se a gente escolhesse ser assim. Como se não tivesse todo mundo travando sua guerra particular, enfrentando seus próprios medos. O problema é que a doença mental é como a água: transparente, inodora e sem forma. Talvez seja por isso que a gente só se dá conta dela quando já está se afogando.

Diferente da mostarda, que a gente sempre sabe quando está lá.

Passei mais de trinta anos vivendo de expectativa. Pelo próximo emprego, a próxima viagem, a próxima grande conquista. Por isso, acho estranho ver o mundo parando quando estou conseguindo viver de maneira leve pela primeira vez. Parar me ajudou a entender que a gente está chegando o tempo todo.

Aprendi a me expressar através de planilhas, tabelas e números. Mas também por uma necessidade de falar sem parar. Antes dos trinta, já tinha criado uma produtora, ganhado os prêmios de publicidade mais importantes do mundo. Encontrado um amor incrível. Fazia negócios com escritórios em Nova Iorque, fechava contratos para novos filmes.

Quadruplicamos o faturamento em dois anos e minha necessidade só aumentava. "Aonde você quer chegar?", me perguntavam. Eu não sabia responder. Minha ansiedade implodia minhas relações e alastrava o meu vazio. Mas eu não conseguia parar. Rompi com meu sócio numa quarta-feira. Uma discussão que fez ele dar um chute na parede e eu sair batendo a porta. Uma amizade de vinte anos. Nunca mais voltamos a nos falar.

Fui obrigado a vender minha parte na empresa, me endividei e destruí todas as minhas relações. Às vezes, a gente precisa perder o gosto pela vida pra começar a experimentar tudo de novo.

Tenho ouvido as pessoas falarem em solidão, mas essa dor eu já conheço. Vai fazer seis meses que mudamos para São Paulo. Elisa e eu. Deixei para trás um espaço verde, onde fazia esportes ao ar livre, e um monte de memórias difíceis de lidar. Recomeçar me trouxe a chance de novos olhares. A oportunidade de uma visão estrangeira do início das relações.

É bom se descobrir uma folha em branco aos trinta e quatro anos. Essa é a parte boa. É ruim saber que tem um caderno cheio de rabiscos enfiado numa gaveta, que eu sempre releio e não vou esquecer. Essa é a parte ruim.

Só queria a chance de voltar no tempo e fazer tudo diferente. Como se "aquele ótimo nota sete", era assim que a professora me dizia, pudesse mesmo ter feito tudo diferente.

Nos últimos dias tenho preenchido minha folha em branco com uma lista de pessoas com quem ainda preciso falar. Você acha que elas vão voltar, me perguntou a Elisa. Não acho que isso importe, na verdade. Mas talvez seja uma forma de fechar esse ciclo, devolvendo para o outro o que é do outro. Meu pedido de desculpas, por exemplo.

Faço terapia há muitos anos e tomo quatro remédios diferentes todos os dias. Não é simples carregar uma condição. É assim que a gente chama: condição.

Esse processo foi muito caro em todos os sentidos. Eu paguei com tudo que eu tinha. Minha saúde, minhas relações. Com o nosso dinheiro. Todos os dias sinto que volto um pouco e vou chegando devagar, como tem que ser.

Neste momento da vida, eu descobri a mostarda. Talvez a felicidade seja a minha próxima grande descoberta. Acho que tá todo mundo querendo voltar a experimentar esse sabor.

A CONTA NÃO FECHA

Ando confusa. Ontem tentei calcular o tempo da minha idade, mas me arrependi. Não pela quantidade de anos, mas por não ter conseguido fazer a conta.

Estou cansada de fazer conta. Quem vive de palco, de tentar reinventar o absurdo da realidade, de se travestir do outro para fazer sentido, sabe que a conta não fecha.

Vendi amendoim doce na escola, sanduíche natural na faculdade, esperança e mentiras no teatro. Me intitulo artista, mas no fundo penso ser mesmo uma vendedora. Porque a gente passa a vida negociando. Vontades, culpas, necessidades, desejos. A conta não fecha.

Descobri que estava grávida da Isabela um mês depois de estrear minha peça. Viajamos por mais de trinta cidades. Dei de mamar usando peruca vermelha e com tanta maquiagem que tive medo de ela não me reconhecer fora da coxia.

Fui talhada pelas partidas. Por vê-la cruzar a porta por conta da guarda compartilhada, do trabalho que surgiu lá do outro lado do país. Ou ali, numa distância suficiente que eu sabia que não me permitiria o beijo de boa noite, nem de bom dia. Que não me concederia a conversa boba que estreita as relações, enquanto a escova desce pelo cabelo.

Cresceu! Onde eu estava?

Não foi trivial. Não é. Partir dói. Me despedaça. Deixei de ir por amor. Mas não consigo ficar vendo a trupe seguir.

Esvaziei o armário dela algumas vezes. Me esvaziei em todas.

Moramos num circo, num trailer. Nos reinventamos sempre. Começo a perceber que a distância ocupa um lugar na nossa mesa aos domingos.

Ela disse que queria morar fora. Eu fui contra. O pai falava em oportunidades e eu só pensava que talvez aquela fosse a nossa. Mas ela foi.

Em março Isabela voltou. Férias escolares forçadas. Mas quem liga para quarentena quando se está trabalhando em casa escrevendo roteiros e almoçando com uma adolescente de 16 anos que tem o seu nariz?

Quando ela entrou pela porta de casa, tive a sensação de que os meus estavam seguros. É assim que a gente fala, né? Os meus.

Compartilho casa com uma gata e uma moça, cheia de regras. Mais a gata do que a moça. Ofereci minha cama, meus ouvidos e dias de confinamento sem fim.

Foram 48 horas. De amor, conversas e um lugar apertado em que ela não se sentia caber.

"Mãe, eu quero ir pra casa das minhas tias no Rio."

Isabela cresceu assistindo ao meu amor por despertar emoção, fantasia e esperança na vida de gente que nunca vi. Aprendeu que a despedida é um não para um sim.

Que direito eu tinha de desabar agora?

Pensei em Deus, mas lembrei que tinha aberto mão Dele quando descobri que ou bem a pessoa gosta de

Nelson Rodrigues ou curte Allan Kardec. E eu fiquei com o primeiro.

Esvaziei seu pedaço de armário e mandei meia dúzia de mim com ela. Ir é um não e um sim. E, talvez, nosso encontro esteja ali. Na certeza de que a gente sempre volta. Por isso, eu sei que tudo vai ficar bem. Porque eu sei que ela vai voltar.

Este livro foi composto em Minion Pro
e impresso em papel pólen bold 90 g/m²,
em outubro de 2022.